आस

(हिंदी कविता संग्रह)

आस

(हिंदी कविता संग्रह)

डॉ दलीप सिंह

ZORBA BOOKS

Published by Zorba Books, March 2022

Website: www.zorbabooks.com
Email: info@zorbabooks.com

Author Name & Copyright © डॉ दलीप सिंह
Title :- आस
Printbook ISBN :- 978-93-90640-83-6
Ebook ISBN :- 978-93-90640-91-1

The publisher under the guidance and direction of the author has published the contents in this book, and the publisher takes no responsibility for the contents, its accuracy, completeness, any in-consistencies, or the statements made. The contents of the book do not reflect the opinion of the publisher or the editor. The publisher and editor shall not be liable for any errors, omissions, or the reliability of the contents of the book.
Any perceived slight against any person/s, place or organization is purely unintentional.

Zorba Books Pvt. Ltd. (opc)
Sushant Arcade,
Next to Courtyard Marriot,
Sushant Lok 1, Gurgaon – 122009, India

समर्पित

इस पुस्तक को मैं अपने स्वर्गीय माता-पिता
श्री दयाचंद्र एवं श्रीमति शांति देवी
के चरणों में समर्पित करता हूँ |

वे जहाँ भी हो उनका आशीर्वाद मुझपर सदैव बना रहे,
ऐसी ईश्वर से प्रार्थना है |

सूचि

कुछ शब्द पाठकों की नज़र...

दोस्तों,

ईश्वर की कृपा से कविता संग्रह "आस" छप कर आपके हाथों में है। इस पुस्तक में कुल 23 कविताएँ हैं जो जीवन के विविध रूपों को परिभाषित करती हैं या उनका प्रतिनिधित्व करती हैं। कविताएँ सरल भाषा में लिखी गयी हैं क्योंकि मेरी निजी सोच है की सरल भाषा के प्रयोग से साहित्य लेखन के उद्देश्य की प्रेषणीयता बढ़ जाती है यानि कविता लिखने के पीछे जो सन्देश हैं। वह आसानी से पाठक के हृदय की गहराइयों में उतर अपना प्रभाव छोड़ता है| अधिकतर कविताएँ जीवन की व्यवहारिकता पर आधारित हैं व आम आदमी की ज़िन्दगी से जुडी हैं। आशा करता हूँ आपको यह पुस्तक पसंद आएगी। किसी भी प्रकार के सुझाव/ राय का स्वागत करूंगा ताकि मैं अपनी कविताओं को और बेहतर ढंग से लिख सकूँ। किसी भी प्रकार की त्रुटि के लिए क्षमाप्रार्थी हूँ।

सादर धन्यवाद।

डॉ दलीप सिंह

मजदूर और भगवान

ईश्वर चेतना के रूप में इस विश्व के प्रत्येक कण-कण में उपस्थित है। जो कुछ बाहर है वह हमारे भीतर भी है। जीवन में कर्म ही श्रेष्ठ है। एक मजदूर ने यह कहकर कि भगवान तो मेरे दोनों हाथों में बसता है ,कर्म की प्रधानता को सिद्ध कर दिया। विश्वास से लबालब आस्तिकता अच्छी बात है परन्तु संदेह व शंका की नींव पर खड़ी आस्था से नास्तिकता कहीं लाख गुणा बेहतर है।

मजदूर और भगवान

मैं मन्दिर की सीढ़ियों के
सामने था खड़ा
मन्दिर की घंटी बोल रही थी टन्-टन्
तभी देखा एक मजदूर
सामने से जाते
साईकिल चलाते
पतले से बदन में समाया
मैंने उसे जब रोका, मेरे नजदीक था आया
मैंने कहा-
भाई, तुम भी मन्दिर में आ जाओ
कुछ भजन कीर्तन गाओ
शायद परलोक सुधर जाए
कोई विपत्ति भी नजदीक न आए

ये सुन वह हंसा ,कहने लगा-
बाबूजी, मजदूरी पर नहीं जाऊंगा
तो कुनबे को क्या खिलाऊँगा
क्या भजन करने से हो जायेगी
मेरे बेटे की पढ़ाई
क्या कीर्तन करने से हो जायेगी
मेरी बेटी की सगाई
वैसे तो मैं आस्तिक हूँ
बस लगता ही नास्तिक हूँ

मैं भी भगवान को मानता हूँ

उसे भीतर तक जानता हूँ

वह मेरे इन दोनो हाथों में रहता है

कर्म करो आगे बढ़ो, सदा यही कहता है

कर्मों से बढ़ यहां कुछ भी नहीं

किसी को मिल जाता है फल

तो कोई ढूढ़ता फिरता उसे यहीं कहीं

मैं ही बनाता हूँ मन्दिर

जिनकी तुम पूजा करते हो

जोड़ते हो हाथ नित्य, झूठे ही सही

पर अच्छे काम करने से क्यूं डरते हो

वह तुममें भी है, मुझमें भी

बाहर भी ,भीतर भी

उसे कहीं भी याद कर लो

आनंद स्वरूप है वो

आनंद में जी लो, आनंद में मर लो

शायद उसने मेरी आंखें खोल दी थी ....

देखता हूँ पीछे मुड़ कर...

इंसान जन्म लेनें से मृत्यु तक कभी अपने आप का साक्षात्कार नहीं कर पाता है । समय उस बालू मिट्टी की तरह है जो मुट्ठी में से कब निकल जाती है पता ही नहीं चलता । सीमित सांसो का यह जीवन बड़ी उलझन भरा है । आवश्यकता है हम सजग रहें व जीवन का सत्यता के करीब भी रहें । केवल धन-प्राप्ति तक ही अपने आप को न बांधे अपितु जीवन के उद्देश्य की समझ रखते हुए कुछ ऐसा भी करें कि अन्तिम समय में पछतावा न रहे ।

देखता हूँ जब पीछे मुड़ कर . . .

कभी-कभी आता है मन में

ये क्या हो गया है

कल तक बसता था जो बचपन मुझमें

न जाने अब वह कहाँ खो गया है

पकड़ते थे तितलियाँ

छोड़ते थे कागज की नाव पानी में

अब न तो तितली है न ही कोयल

प्रेम-रस की जगह भर गया है जहर

इंसान की कहानी में

यौवन आने पर इतराते थे

हाथों के डोले, चौड़ी छाती

सब को दिखाते थे

अब तो पिचक गए है गाल

बदल गयी है चाल

न जाने शरीर को क्या हो गया है

गुजर गया जो वक्त

उसमें इसने न जाने क्या-क्या सहा है

समय फैला मेरे चेहरे पर झुर्रियां
अपने कदमों की चाल छोड़ गया है यहां
पकड़ना चाहता था वक़्त को मुट्ठी में
रेत की तरह
पर छूट जाता है पता नहीं कहां

सच ये समय अब दोबारा
आने वाला नहीं
कर लो अभी जो करना है
जीने की रुत आयेंगी बहुत
फिर तो सभी ने मरना है

बरसात

हमारा देश विभिन्न प्रकार की ऋतुओं से हमें अवगत करवाता है व हर मौसम का अपना एक अलग मिजाज होता है। बरसात के समय मौसम अति सुहाना हो जाता है। शीतलता चारों ओर फैल जाती है। हर इंसान का मन करता है कि वह बारिश में भीगे व इसका आनंद उठाए। इस मौसम में प्रकृति भी जीवों व प्राणियों में कुछ ऐसे जैव रसायन पैदा करती है जो उन्हें उत्तेजित करते हैं। मौसम कोई भी हो आवश्यकता है उसमें खो जाने की।

बरसात

सावन का महींना
निकले पसीना
जी घबराए
मुश्किल हो जाये जीना

अरे, ये क्या अचानक
आसमान पर काले बादल छा गए
फैला मुँह तम का
रोशनी को खा गये

ठण्डी-ठण्डी हवा छुए बदन को
करे छेड़खानी
चले अपनी मस्ती में
बस करती मनमानी

इतने में काले बादल गरजने लगे
टकरा आपस में बरसने लगे
गड़गड़ाहट इतनी की दिल दहल जाए
दामिनी निकाल मुँह बादलों से
न जाने किसे चिढ़ाए

झिंगुर छेड़े राग जो चुप होता ही नहीं
मेढ़को की टर्र-टर्र गूंजे दूर तक कहीं
जंगल में सुन्दर सजीले मोर
फैला पंख नाच रहे
दे आवाज पीहू-पीहू की
निमन्त्रण देने को अपनी बात साजन से कहे

इतनी देर में बूंदा-बांदी हो गयी शुरू
तड़ा-तड़ बूंदो की रफ्तार ही गयी तेज
बनने लगे गर्म-गर्म मीठे पकवान घरों में
पक्षीं भी पेड़ों पर सजाने लगे सेज

थोड़ी देर में खेत खलिहान
पानी से भर गए
आ गया घरों में पानी
वृद्ध हो गए जवां हंसी मौसम में
अंगड़ाई लेने लगी जवानी

प्रेम-रस

वासना व प्रेम में जमीन-आसमान सा अंतर है, वासना पाने की इच्छा तो प्रेम त्याग से युक्त रहता है। दरअसल प्रेम पर आकर्षण, प्राप्ति एवं स्वार्थ की परत चढ़ जाये तो वह बिगड़ा हुआ स्वरूप वासना ही है। यह आवश्यक नहीं कि कोई प्रेमी अपनी प्रेमिका को कीमती उपहार दे तो ही उसका यह प्रदर्शन प्रेम का रूप लेगा। प्रेम तो है ही ऐसा जिसकी कोई भाषा नहीं, कोई व्याख्या नहीं, मात्र एहसास है छोटा सा जो किसी-किसी सौभाग्यशाली को ही प्राप्त होता है। हम जैसे वासना में डूबे लोग क्या जाने उसकी महिमा को...

प्रेम-रस

प्रेमी ने प्रेमिका से कहा-

कहने को तो हम जी रहे हैं

खुशियों के लिबास में

ग़मों का रस पी रहे हैं

बढ़ना तो हैं चाहते

पर विघ्न बन रही वक्त की तलवार

रोजी-रोटी के चक्कर में

निकल गयी ज़िंदगी अपनी

नहीं समझ सके जीवन का सार

अन्य प्रेमियों की भांति

नहीं कहूँगा- मैं तुम्हारे लिए

गगन से तारे तोड़ लाऊंगा

गरीब हूँ, नहीं दे सकता

कुछ ख़ास

मैं तो दे सकता हूँ वही

जो है मेरे पास

नदी होती ही है इच्छाओं की ऐसी

जिसकी बुझ न पाये प्यास

यह तो है एक मीठा एहसास

छुपा रहता है भीतर कहीं दिल में

ढूंढोगे गर इसे

मिलेगा धड़कनों के आस-पास

एक बात कहूँ तुमसे
प्यार चाहत की दुकान पर बिकता है
बस खरीदार चाहिए
करना पड़ेगा त्याग पहले
आगे बढ़ इसे पाइए

तोते ने मुझसे कहा

आज पर्यावरणीय प्रदूषण ने सभी की कमर तोड़ दी है । रासायनिक खाद, रासायनिक स्प्रै आदि ने फसलों पर, घास व पानी में जहर घोल दिया है जिसे खा-पीकर हमारे छोटे-छोटे पक्षी तोते,चिड़िया,मोर आदि रोज मर रहे हैं। इनकी संख्या बहुत कम हो गयी है क्योंकि इस जहर से इनकी अनुवांशिक वृद्धि भी नहीं होती है । सुन्दर,नाजुक व मीठा बोल बोलने वाले ये पक्षी जब नहीं रहेंगे तो माहौल कितना रुखा व भयावह होगा इसकी कल्पना से भी डर लगता है । आवश्यकता है सही समय पर सही कदम उठाने की । विकास के नाम पर पेड़ों को काट कर बड़ी-बड़ी इमारतों वाली कालोनियां विकसित हो रही हैं । पक्षियों के घर तो पेड़ों की टहनियों पर बने घौंसले ही होते हैं, अगर पेड़ ही नहीं होंगे तो घौंसले कहां बनेगें । प्रकृति ने संतुलित जीवन हेतु मानव, पौधों व पशु-पक्षियों के मध्य एक सिस्टम बना रखा है जिसमें की गयी छेड़छाड़ मानव को बहुत आघात पहुँचाने वाली होगी ।

तोते ने मुझसे कहा

सुबह के पाँच बजे

एक सुहावनी अनुभूति

ठण्डी हवा धीरे-धीरे छुए बदन को

फूलों से लदी लताएं करती अठखेलियाँ

उजाले ने फैला लिए पंख पूरी तरह

चिड़िया चीं-चीं करती

अपने होने का दम भरती

कोयल करती कू-कू

कहती ईश्वर तू-ही-तू

गिलहरियां दौड़-दौड़ कह रही

जीवन में गतिमान रहो

बैठा कबूतर आंखे मीचे

कहता देखो मत, बस कुछ न कहो

तभी एक तोता मेरे पास आया

बोला - भाई साहब, पक्षी कहां जायेंगे

काट दिए पेड़ तुमने

हम कहां बैठेगें, क्या खायेंगे

खेतों में जाते हैं तो

जहर स्वागत करता है

दाना खाने से मन डरता है

हर दाना जहर का गोला है

हमारे नाजुक दिल के लिए

दहकता शोला है

छोटे बच्चे घौसलों में

दानों का इंतजार करते हैं

करते है प्यार बहुत

हम पर ही जीते-मरते हैं

हम तो पक्षी है बाबू जी, मर जायेंगे

गर हो गये गायब तो फिर नहीं आयेंगे

पर तुम्हारे भी है बच्चे

वे भी जहर खाते हैं

न हो कोई दिक्कत

पहले से ही चेताते है

सोच लेना जरा...................

दर्पण

जीवन में सभी कुछ गतिशील है, कुछ भी ठहरा हुआ नहीं है। वक्त के साथ-साथ मनुष्य के शरीर में भी परिवर्तन होते हैं जो स्थाई होते हैं, वे आगे की तरफ ही बढ़ते रहते हैं। एक छोटा सा बच्चा शीशे के सामने वृद्ध अवस्था तक पहुँच जाता है। दर्पण में कोई बदलाव नहीं मिलता परन्तु वहीं दर्पण अपनी जगह रहते हुए सभी परिवर्तन उसे दिखाता रहता है। वक्त भी इसी का नाम है। हमें लगता है कि वक्त बदल रहा है, नहीं वक्त नहीं, हम बदल रहे हैं हर पल हर क्षण।

दर्पण

घर के कोने के कमरे में

रखा छः फुट ऊंचा एक दर्पण

जो उसके आ जाये सामने

उसे वैसा ही दिखाए

समझ आ जाये आदमी को

ज्यादा भाव न खाए

एक कपड़े से ढ़का रहता था

रहता चुपचाप किसी से कुछ न कहता था

बचपन में मेरे चेहरे पर मासूमियत

व भोलेपन का नूर था

उन दिनों मैं भी अपने आप

से बहुत दूर था

वक्त के बदलाव का गवाह

बना ये दर्पण

नहीं मेरा साथ देता रहा

दिखलाता रहा बदलता चेहरा

सदा चुप रहा, नहीं कभी कुछ कहा

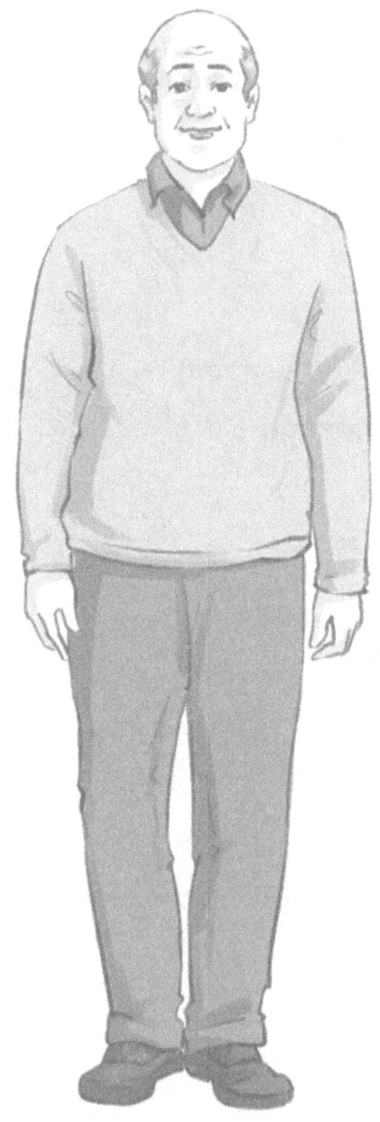

जवानी में घंटो अपने आप को

दर्पण में निहारते रहे

कभी कपड़े तो कभी बाल संवारते रहे

कर फैशन अलग-अलग

अपने को हीरो बनने की ललक पालते थे

करते थे अपनी ही, किसी की समझ

को घास नहीं डालते थे

अब तो बुढ़ापा आ गया है

बचपन व जवानी दोनो को खा गया है

बदल गयी है चाल, पिचक गए है गाल

चेहरे पर सजी झुर्रिया साफ बताती हैं

वक्त चलता रहता है कभी ठहरता नहीं

सम्भल जाओ अभी फिर पछताना पड़े न कहीं

साठ वर्षों में

शरीर बदल गया

चेहरा भी बदल गया

पर दर्पण आज भी वही खड़ा है

नहीं झुका कभी, अपनी जगह अड़ा है

शायद वक्त की तरह ....

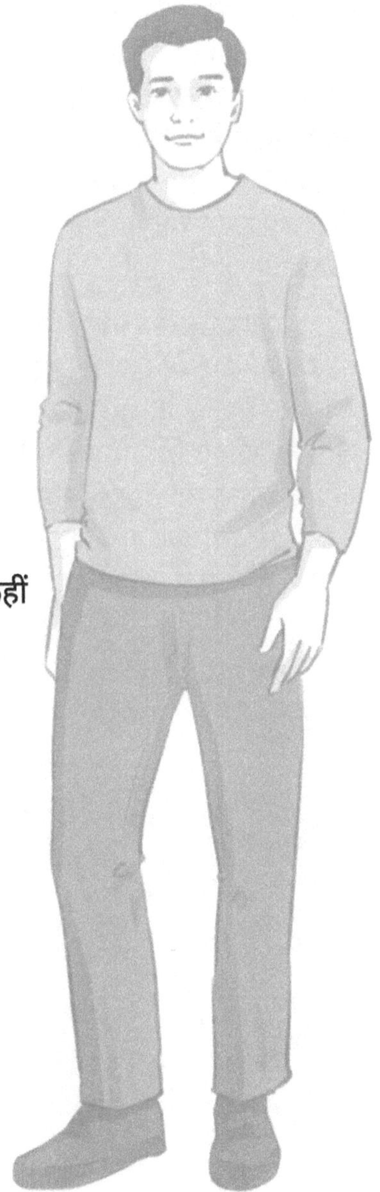

तुम नहीं समझोगे

आज के युग में अति भौतिकतावादी दृष्टिकोण के कारण इंसान केवल पैसे कमाने व उसे संचय करने के अलावा बहुत कुछ नहीं सोचता है। जीवन में बहुत कुछ ऐसा है जो महत्त्वपूर्ण है चाहे वह प्रकृति से सम्बन्धित विषय हो, नृत्य हो, लेखन हो, समाज-सेवा हो, खेल हो आदि-आदि। सांसारिकता के लिए धन अति जरुरी है परन्तु केवल धन से ही जीवन सार्थकता या पूर्णता की प्राप्ति नहीं होती। कभी वक्त मिले तो अपने बारे में अपनी जिंदगी को जीने के बारे में अवश्य सोचना चाहिए ताकि जिस उद्देश्य हेतु हमें जीवन मिला है वह पूरा हो सके।

आज इंसान जीवन की सुख-सुविधाओं को प्राप्त करने में अपना सब कुछ दांव पर लगा देता है। इसके समक्ष केवल एक ही क्षेत्र रहता है तथा वह है कि अधिक से अधिक धनोपार्जन कैसे हो। जीवन के अन्य पहलू गौण हो जाते हैं। जीवन विविधता से परिपूर्ण है तथा इसके सभी क्षेत्र व विषय समान रूप से महत्वपूर्ण है। यदि हम इस बात को नहीं समझ पाते हैं तो समझो हम अपनी जिंदगी का स्वयं बहुत बड़ा नुकसान कर रहे हैं। सच्ची खुशी हमारी सोच में ही बसती, बाहर नहीं।

तुम नहीं समझोगे

लम्बी नंगी सड़क पर

मैं धीरे-धीरे जा रहा था

था अपने सपनों में खोया

कामनाएं थी जागृत, विवेक था सोया

तभी एक आवाज आई

मैंने नजर घुमायी

उसने कहा-

अरे भाई, कहां जा रहे हो

सुना है आजकल गमों को खा रहे हो

भगवान ने दी थी तुम्हें सुन्दर काया

अपने चारों तरफ से बुला ली तुमने माया

पैसे के चक्कर में सोते हुए भी जागते हो

जहां कुछ नहीं मिलना उधर ही भागते हो

एक नूर की चादर ढ़क लेती

तुम्हारे चेहरे को

गर तुमने थोड़ा सा भी संतोष किया होता

डाल लेते जो थोड़े में गुजारा करने की आदत

छक कर शांति का रस पीया होता

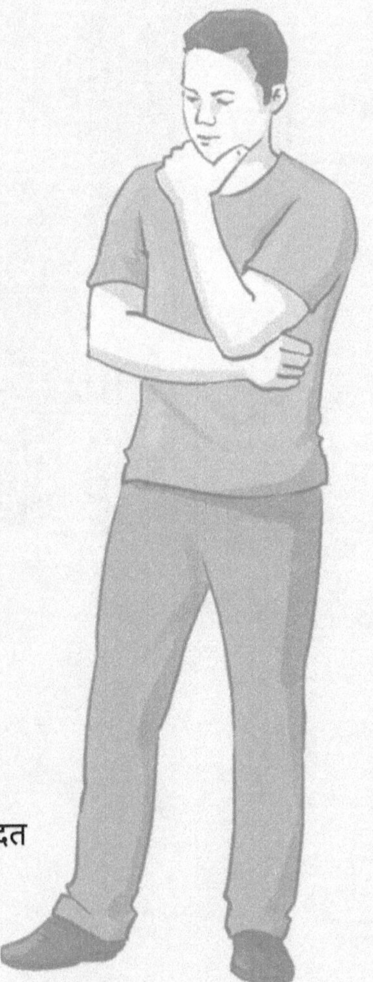

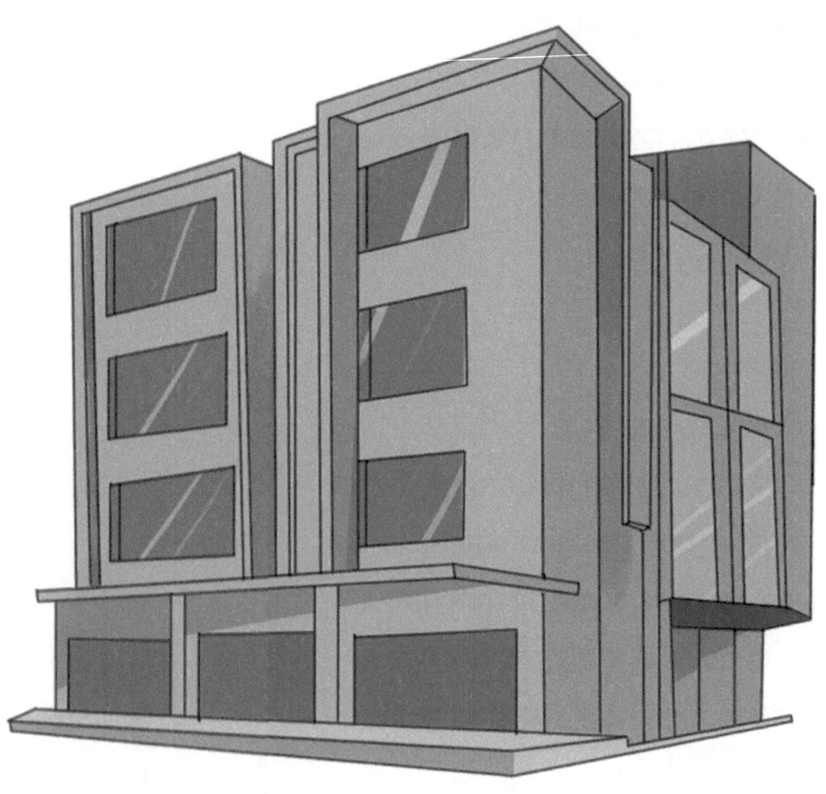

सुनों एक बात बताऊं-

गर कर लेते सब्र, जो मिला उसे पा कर

कैसे गुजरती है जिंदगी बिन खुशी

पूछना कभी किसी पैसे वाले से जा कर

मैंने पलट कर कहा-

मैं समझा नहीं भाई ....

फूल और कांटे

हमारा जीवन द्वंद्वात्मक रास्ते से हो कर गुजरता है ,जहाँ दुःख है वहां सुख भी है ,जहाँ आशा है वहां निराशा भी है | जीवन में सुखों का महत्व व उनकी अनुभूति दुखों की नींव पर ही तो खड़ी है| समस्या तो यह है कि प्रत्येक मनुष्य सदैव सुख ही सुख की अपेक्षा करता है जो कि सम्भव नहीं है, क्योंकि परिवर्तनशीलता जीवन का मूल आधार है इसलिए जैसी भी स्थिति जीने को मिले, स्वीकार करें, बस यही शांत एवं सुखी जीवन जीने का एकमात्र रहस्य है|

फूल और कांटे

एक दिन कांटे ने फूल से कहा.

दोस्त,आज तक बहुत कष्ट मैंने है सहा

जो भी यहाँ आता है

नहीं देखता पल भर भी मुझे

तुम्हारा सौन्दर्य ही उसे भाता है

मैं रहता सदैव चिंतित

कहीं कोई तुम्हे न खा जाये

बचाने को तुम्हारी सुकोमलता

कठोरता के अनेकों एहसास

मैंने अपने भीतर हैं पाये

लोग मुझे दुःख जैसा

तुम्हें सुख जैसा मानते हैं

नहीं है कुछ भी स्थाई यहाँ

यह भी बखूबी जानते हैं

मैं सीधा हूँ मुझमें चुभन है

इसलिए लोग मुझे पसंद नहीं करते हैं

टेढो की है ये ज़िंदगी

जो सच को सच कहते हुए डरते हैं

केवल फूलों से काम चलता नहीं

साथ कांटें भी चाहिए

अपनी जगह दोनों है ठीक

सोच है आपकी जैसा चाहे वैसा पाईये

दोपहर

इस कविता में जीवन की दोनो परिस्थतियों खुशी व गम में सम रहने को निर्देशित किया है जो कि अस्थाई हैं। समान रहने वाला ही संत कहलाता है।

दोपहर

गर्मियों की दोपहर
आग सी तपती हवा
सूख रहा था गला
पसीने से लथपथ
जा रहा था मैं पैदल
नंगी एंकात खुल्ली सड़क पर

तभी देखा एक सूखा पेड़
ठूंठ सा खड़ा
सूख गया था सपनों की तरह
जाने कोई लुट गया हो सरे बाजार

दिल ये देख कुछ परेशान हुआ
पर चला थोड़ा आगे तो
देख हरा-भरा पेड़ जीना कुछ
आसान हुआ

घने हरे पत्तों से ढ़का पेड़
दे रहा था ठंडी छाया
बैठ उसके नीचे कुछ पल
प्रसन्न हो गयी काया

तभी यकायक एक प्रश्न

बिजली की तरह मेरे मस्तिष्क में कौंधा

देख सूखा पेड़ निराश होना

देख हरा-भरा पेड़ निराशा खोना

क्या वाजिब था

यदि मैं दोनो परिस्थितियों में

सम रहता

तो शायद जीवन में सुख व दुःख के

थपेड़े न सहता

आज का राजनेता

वैसे तो राजनीति जन-सेवा का सशक्त साधन है जिसमें व्यक्ति विशेष को बहुत से अधिकार प्राप्त हो जाते हैं परन्तु अब 'पालिटिक्स' वास्तव में 'पालीट्रिक्स' हो गयी है जिसमें पैसे का बहुत अहम रोल है| आज के दिन राजनीति में मुट्ठी भर लोग ईमानदार हैं अन्यथा अधिकतर पांच वर्ष के कार्यकाल में कंगाल से मालामाल हो जाते हैं| आज राजनैतिक जीवन में नैतिकता व सिद्धान्त की बातें करना मूर्खता माना जाता है| नेता अपने बच्चों को भविष्य की राजगद्दी सौंपने में लगे रहते हैं ताकि चौधर भी रहे व पैसा भी| देश व राज्य के बारे में सोचने वाले को लोग कहते हैं कि इसके दिमाग का पुर्जा हिल गया है| धीमी गति से होते विकास, बढ़ती बेरोजगारी,लचर कानून-व्यवस्था, भ्रष्टाचार आदि सभी हमारे राजनेताओं की अयोग्यता को ही तो दर्शाते हैं| अयोग्य किस्म के लोगों का वर्चस्व होने के कारण शरीफ व ईमानदार आदमी इससे दूर रहना पंसद करते हैं| कब तक चलेगा ऐसा क्या समाज का विशाल वर्ग थोड़े से चतुर व मौका-परस्त लोगों के हाथों प्रताड़ित होता रहेगा, सोचिये आप भी। केवल सोचिये ही नहीं, सार्थक कदम भी उठाएं देश के लिए|

आज का राजनेता

आज का राज नेता
बस लेता ही लेता
नहीं किसी को कुछ देता

चुनाव से पहले तो
वोटर रहते कड़े
नेता जी सबके पैर पड़े
हाथ जोड़े, झूठ बोले
मौका देख बेमतलब का तोले

चुनाव जीतते ही एकदम बदल जाता
न हीं पहचानता, न ही नजर मिलाता
बदल जाते हाव-भाव, गर्दन हो जाती टेढ़ी
केवल चम्मचों से ही रह जाता लेन-देन का नाता

सफेद ड्रेस के नीचे रहता है
उसका काला-काला दिल
जिसे हर रोज दल बदलने की
है महारत हासिल

राजनेता इतना झूठ बोलने लगे हैं
झूठ भी उनसे शर्माता है
कहता है नहीं बैठूंगा उसकी गोदी में
ये तो मुझे बेच मेरे ही पैसे खाता है

कोई विजन नहीं, न ही कोई योजना
कैसे होगा पब्लिक का विकास
घुस गए नकली राजनीति के क्षेत्र में
नहीं बची कोई आस

विकास तो हुआ पर रास्ते बदल गए
देश का नहीं अपना हुआ विकास
जो था पैसा दूर, आ गया वह बिल्कुल पास
लूट लिया सब कुछ, हो गया सत्यानाश

बचपन वापिस लाना होगा

वक्त के साथ-साथ सभी प्रकार के परिवर्तन पैदा होते हैं व एक नयी प्रकार की व्यवस्था उभर कर आती है। आज का युग मोबाईल एवं कम्प्यूटर युग है। मोबाईल ने प्रत्येक व्यक्ति को 'इममोबाईल' बना दिया है। सुबह से रात देर तक लोग मोबाईल की फेस-बुक, वाट्स-अप,इन्स्टाग्राम आदि से चिपटे रहते हैं । यही हाल हमारे बच्चों का है ,वे सारा दिन मोबाईल गेम देखते रहते हैं। घर के बाहर के खेल जैसे पिट्टू,छुपम-छुपाई,फुटबाल,हॉकी आदि देखने को नहीं मिलते हैं। बच्चे घर में कभी व्यायाम नहीं करते हैं। उनकी नजर के चश्मों के नम्बर दिन पे दिन बढ़ते जा रहे हैं । प्रकृति का आनंद न लेने व सदैव मोबाईल व कम्प्यूटर से चिपके रहने के कारण उनकी सोचने की शक्ति, कुछ नया करने की शक्ति क्षीण होती जा रही है। हमें देखना होगा कि बच्चे मोबाईल व कम्प्यूटर से सीखें लेकिन साथ ही खेल भी नियमित रुप से खेलें । लगता ही नहीं कि बच्चों में अब बचपन रहता है, हमें इसे दोबारा से हमारे बच्चों की सोच में वापिस लाना होगा।

बचपन वापिस लाना होगा

एक वक्त था
जब गलियों में खेलती थी
बच्चों की टोलियां
लगाते थे किलकारी
न जाने कहां गुम हो गयी है
जीवन की खुशियां सारी

बच्चे भागते एक-दूजे के पीछे
पिट्टू खेलते
गिर जाते, उठ जाते
अपना दर्द आप ही झेलते

शाम को खेलते छुपम-छुपाई
छिप जाते पेड़ों के पीछे
कोई-कोई तो भाग जाता घर
कोई छिपा रहता मन्दिर के नीचे

होली पर बच्चों की खुशियाँ
देखते ही बनती थी
डालते रंग लगाते गुलाल
नहीं था कोई द्वेष

सभी थे भाई-भाई, छोड़ परायापन
बस अपनापन ही पालते

आज मोबाईल आ गया है
हंसते हुए बचपन को खा गया है
बच्चे गेम देखते रहते
नहीं किसी से कुछ कहते
रोटी तक हैं भूल जाते
दूध-दही से रहते दूर
केवल पिज्जा व बर्गर ही खाते

कम्प्यूटर ने बच्चों को
एक कमरे में कैद कर दिया
बांध एक जगह न जाने
किस बात का बदला है लिया

आओ, अपने बच्चों को
सुबह-सुबह की सैर करायें
बासीपन हो जाए दूर
ताजेपन का रस पिलायें
भागें तितलियों के पीछे
फूलों से उनकी बात करायें
पढ़ाई के साथ-साथ खेलने भी दो
नम्बरों के नाम पर न डरायें

स्वस्थ बच्चे ही स्वस्थ

भारत का निर्माण कर सकते हैं

होंगे हष्ट-पुष्ट बढेगी इम्यूनिटी

तभी तो कोरोना जैसे रोग

हम से डर सकते हैं

सौगात

जिस प्रकार भयंकर गर्मी में चलना कठिन हो जाता है तथा यदि ऐसे समय में अचानक नभ पर काले बादल छा जाएँ व महीन-महीन वर्षा की फुव्वारें गर्मी में तपते हुए शरीर को छुएं तो ऐसा लगता है मानों किसी को नए जीवन की सौगात मिल गयी हो , कहने का अभिप्राय यह है कि हर मुश्किल वक़्त के पश्चात ख़ुशी से परिपूर्ण अच्छे दिन भी आते हैं, केवल आवश्यकता है आशावादी दृष्टिकोण अपनाने की1 सकारात्मक सोच ख़ुशी अथवा आनंद की आधारशिला है।

सौगात

गर्मी की तपत भरी धूप में
लू के थपेड़े अक्सर कर देते चहरे को घायल
जिधर देखें उधर ऐसा लगे
मानों फैल गयी हो आग हर तरफ

छोटे बच्चे गर्म जमीं पर
भागते नंगे पैरों से सरपट गली पार करने को
निकाल रहा शरीर पूरा पसीना
गर्मी से लड़ने को
पेड़ों के पत्ते कुम्भला गए
हैं नरम इसलिए कठोरता की
मार कैसे सहे
पशु-पक्षी हांफते हर क्षण
जैसे उखड़ गया हो दम
पानी मिलता ही नहीं शायद हो गया है कम

यकायक बारिश की
महीन बौछारें ले आती हैं ठंडक
लगता है जैसे मिल गयी हो
किसी मरने वाले को
सौगात जीवन की

माफी चाहता हूँ

हर इंसान यह सोचता है कि उसके बच्चे बड़े होकर उसकी सेवा करेंगे, उसके पास रहेंगे परन्तु अधिकतर केसों में बच्चे उच्च शिक्षा प्राप्त कर घर से बहुत दूर नौकरी करने लगते हैं। शादी उपरान्त उनका परिवार वह स्वयं, उसकी पत्नी व बच्चे हो जाता है। माँ-बाप इस सीन से बाहर ही अकेले गाँव में अपना समय काटते हैं । कई बच्चें अपनी काबलियत से विदेशों में भी नौकरी या व्यवसाय करने चले जाते हैं। वे दो या तीन वर्ष से पहले अपने घर वापिस मिलने नहीं आते हैं। कुछ तो वहीं अपना घर खरीद स्थाई रूप से वही के वासी हो जाते हैं। माँ-बाप चाहते हैं कि उनका बच्चा उनकी नजरों के सामने रहे। यदि माँ-बाप आर्थिक दृष्टि से सम्पन्न नहीं है तो वे बच्चे से आर्थिक मदद की अपेक्षा भी करते हैं परन्तु बदले में उन्हें कुछ भी हासिल नहीं होता है। आदमी चाहे देश में रहे अथवा विदेश में उसे अपने माता-पिता को नहीं भूलना चाहिए क्योंकि विश्व की कोई ऐसी करेंसी नहीं है जो माता-पिता के प्यार से अधिक मूल्यवान हो।

माफी चाहता हूँ

सत्तर वर्ष की उम्र का सफर

चेहरे पर झुर्रियों की डगर

कांपते हाथ, नहीं कोई साथ

शरीर में मांस नहीं, केवल हड्डियों का राज

बिल्कुल सफेद बालों का सिर पर ताज

चलते वक्त पैर लड़खडाते

केवल छोटी सी लाठी ही साथ निभाये

आदमी कोई भी नजदीक न आए

घर की चैखट पर बूढ़ी माँ बैठी रहती

देखती रहती पर किसी से कुछ न कहती

बेटे का इंतजार में वर्षों निकल गये

कोई सुनने वाला नहीं, कहे तो किससे कहे

पर अभी तक उसका बेटा नहीं था आया

डाकिया भी कोई चिट्ठी नहीं था लाया

जाने से पहले

एक दिन इकलौता बेटा माँ के पास आया

बैठ चरणों में अपना मकसद समझाया

बैठ हवाई जहाज में उड़ गया विदेश

केवल यादें ही रह गयी शेष

बूढी माँ देखती रहती आसमान की तरफ

सोचती कभी तो बेटा आयेगा

अपने साथ ले जायेगा

मैं अपने बच्चों से प्यार करूंगी

साथ जिऊंगी, साथ मरूंगी

एक दिन मैंने देखा

कुछ व्यक्तियों को शव को ले जाते हुए

पूछने पर बताया - अरे अपनी बूढी ताई

अपना सफर पूरा कर गयी

छूटा दुःखों का दामन, समझो भवसागर तर गयी

जीवन में केवल एक निराशा थी

पूरी न हो सकी वह आशा थी

आ जाता बेटा तो बुढ़िया सकून से मर जाती

देख लेती पल भर, दुःख नहीं पाती

ये सुन मैं सुन्न हो गया

बिना सोचे ही विचारों में खो गया

इससे आगे क्या लिखूं, लिख नहीं सकता, माफी चाहता हूँ.....................

मुण्डेर

वैसे तो पक्षियों की बहुत सी प्रजातियां कृषि क्षेत्र में उपयोग होने वाले उपचारित बीजों,रसायनिक खाद व रसायनिक छिड़काव वाली दवाईयों के कारण विलुप्त होने के कगार पर है। आज चिड़िया, तोते, चील,गिद्ध आदि पक्षी बहुत कम हो गये हैं। कौवे तो अब नजर आते ही नहीं। पहले सड़क के किनारे मृत पशु के पास सैकड़ों चील व गिद्ध इक्कठें हो जाते थे। आकाश में सैकड़ों चील उड़ती रहती थी। उपचारित बीज व मृत पशु का जहर-युक्त मांस खाने से पक्षियों की या तो मृत्यु हो गयी या उनकी वंश वृद्धि में रूकावट आ गयी। समय रहते हमें जागना होगा क्योंकि इस सृष्टि की प्रत्येक रचना अद्वितीय है ।

मुण्डेर

गांव में अक्सर
बनाते थे चूल्हे आंगन में
खाते थे सभी खाना
जमीन पर बैठकर
भोजन होता शुद्ध व
उर्जा से भरपूर
रासायनिक जहर व प्रदूषण से
लाखों कोस दूर
न जाने कहां से आ जाते कौवे
मुण्डेर पर 'कांव-कांव' का शोर मचाते
रोटियों पर अपना हक जताते
गर दे देते किसी एक को रोटी
बस फिर तो जुल्म ही हो जाता
आ जाते पचासों बिल्कुल पास
जैसे हो उनसे कोई पुराना नाता

गर मर जाता था कोई कौआ
सैकडों कौअे इकट्ठे हो जाते थे
नहीं लगाने देते हाथ किसी को
मंडराते रहते उसी जगह
न कुछ पीते थे, न कुछ खाते थे

आजकल वो 'काँव-काँव' की आवाज

न जाने कहां गुम हो गयी है

लगता है कौवे नाम की प्रजाति

कहीं गुमनामी के अंधेरों में खो गयी है

खा-खा कर जहर भरे दानें पक्षी

न जाने कहां चले गए

जानते तो हैं सभी फिर भी ये बात किससे कहें

एहसास

प्रेम की भाषा शब्दों की बजाए आँखों से अधिक प्रेषित होती है । कई बार व्यक्ति विशेष का व्यवहार इतना शर्मिला होता है कि वह अपनी भावनाओं को अपनी प्रेमिका के समक्ष व्यक्त नहीं कर पाता हैं। ऐसे केसों में पूरा जीवन निकल जाता है परन्तु दोनों तरफ से कोई अभिव्यक्ति नहीं होती हैं। यह एहसास है जो अनकहा, अनदेखा व अजीब है, प्रेमी व प्रेमिका के हृदयों में छुपा रहता है, बस आता है बाहर कभी-कभी अवसर मिलने पर।

एहसास

एक दिन अचानक वह सामने आ गयी
हैरान रह गयी वह मुझे देख कर
न उसने कुछ कहा, न मैंने कुछ कही
निगाहें बोलती रही, शब्द कहीं सो गये
कुछ समय तो पता ही नहीं चला
हम कहां थे, कहां खो गये

प्रेम सदैव रहता शब्दों से परे
है इतना शर्मिला कुछ कहते हुए भी डरे
ये तो है मात्र एक मीठी अनुभूति
जो किस्मत वालों को ही मिले
आँखें ही कर देती सब काम बन कर जुँबा
होंठ तो रहते हैं बस सिले

बीस साल पहले वह मुझसे प्यार करती थी
पर कुछ भी कहने से डरती थी
मैं भी इसी बात का बिमार था
इजहार करने को नहीं तैयार था
आँखों से आँखों की बात होती रही
कुछ उसने कहा, कुछ मैंने कही

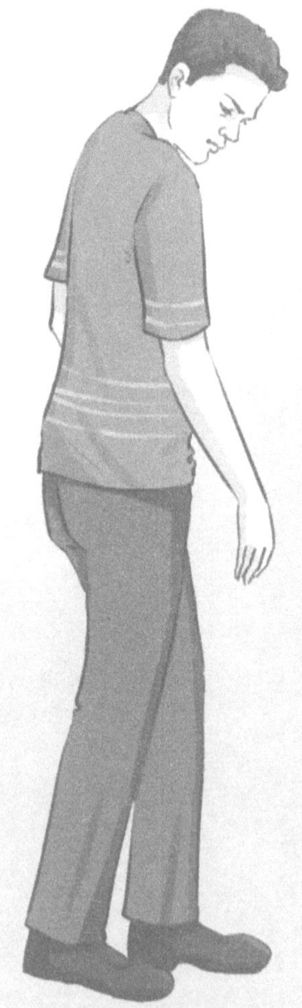

पांच मिनट बाद वह चली गयी

मैं उसे कैसे रोकता , किस हक से टोकता

नहीं था कोई जिस्मानी नाता

जिसका उपयोग मैं कर पाता

बस थी एक तड़प, एक मीठा एहसास

जो दिल के किसी कोने में

छुपा था बीस साल से मेरे पास

बूंद

जल ही जीवन है क्योंकि हमारी जिन्दगी की उत्पत्ति जल से ही तो हुई है । हम जल को बेवजह समाप्त करने पर लगे हैं चाहे वह घरों में प्रयोग होने वाला पानी हो या खेतों में फसलों के उत्पादन में प्रयुक्त होने वाला जल हो । हमें जल की एक-एक बूंद को बचाना होगा अन्यथा निकट भविष्य में ऐसी स्थिति आ सकती है जिसमें जल संकट की वजह से हमारी सब की जाने खतरे में पड़ जायेगी । अच्छे चिंतकों की राय में तीसरा विश्वयुद्ध जल की समस्या को ले कर होगा । जिन पंच तत्वों में हमारा शरीर बना है उनमें जल का बहुत बड़ा योगदान है । हमारे खून में 75 प्रतिशत भाग जल का ही है । इसी जल से शरीर के सभी हार्मोन व जैव-रसायन बनते हैं । बेहतर होगा हम सभी जल को प्रयोग करें परन्तु इसका सम्मान करें व अनावश्यक रूप में इसे खराब न करें । इसकी एक-एक बूंद कीमती है ।

बूंद

मैं जल की छोटी सी हूँ बूंद

पा सूरज की गर्मी

उछली धरा से

जा पहुँची आकाश

फिर आयी नीचे

बरसी खेतों में खलिहानों में

घरों में नदीं-नालों के ठिकानों में

सब जल ले रहे हैं

लेकिन वापिस क्या दे रहे हैं

मैं तो तुम्हारे खून में मिल

तुम्हें प्राण दे रही

चलता है कोई काम मेरे बिना

बतलाओ तो कहीं

जिस भी दिन कम हो जाएगा पानी

इंसान की बिगड़ जायेगी कहानी

गर खत्म हो जायेगा जल

ध्यान रहे नहीं बचेगा कल

सब प्यासे मर जायेंगे

बाहर वालों को छोड़ों

घर वाले ही युद्ध मचायेंगे

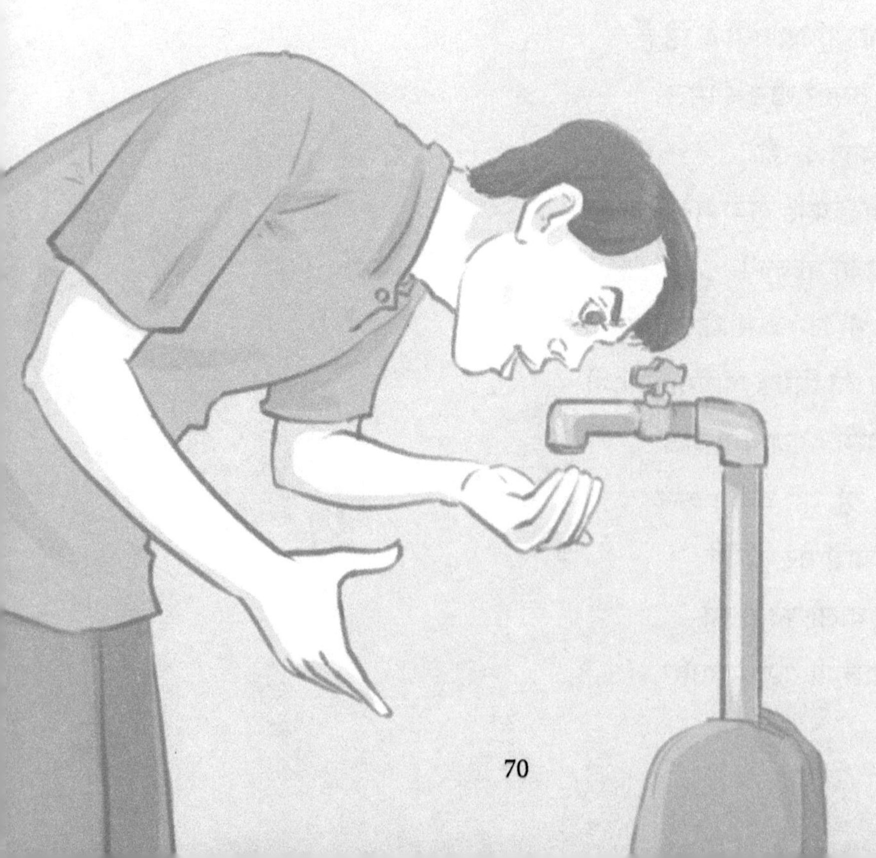

तीसरा विश्वयुद्ध होगा जल को लेकर
मरेंगे ही सब जब नहीं मिलेगा पानी
संभल जाओ अब भी, मत मुझे गंवाओ
युद्ध में होती हार दोनो तरफ
नहीं है इसमें कुछ आनी-जानी

जल नहीं जीवन हूँ मैं
संभाल कर रखो मुझे
गर करोगें सम्मान मेरा
मैं भी देती रहूँगी
आर्शीवाद तुझे . . .

मैं एक किसान हूँ

भारत की 80 प्रतिशत जनता गाँवों में निवास करती है व हमारा देश कृषि-प्रधान देश है। यहाँ खेती-बाड़ी मुख्य धंधा है। अधिकतर किसानों के पास तीन एकड़ से कम जमीन है। उनकी फसल मौसम की अनुकूलता व प्रतिकूलता पर निर्भर है। किसान को रात-दिन गर्मी में, सर्दी में काम करना पड़ता है। जब हम सर्दी की ठिठुरती रात में अपनी रजाई ओढ़े नींद ले रहे होते हैं हमारा कृषक रात भर जाग कर फसल को पानी देता है। वह हमारा व हमारे बच्चों का पेट भरता है यानि वह हमारा अन्नदाता है। हमारा सभी का दायित्व बनता है कि हम सभी सोचें कि किसान की उपज या आय कैसे बढ़े, वह आर्थिक रूप से समृद्ध हो। इसके लिए फसलों का विविधिकरण, बूंद-बूंद सिंचाई सिस्टम, फल-फूलों व सब्जियों की खेती को बढ़ाव, भूमि की, पशुपालन के क्षेत्र में अच्छे दूध देने वाले पशुओं का उपलब्ध करवाना आदि मुख्य क्षेत्र हैं जहाँ ध्यान देकर उनकी आय आसानी से बढ़ाई जा सकती है। किसान के चेहरे पर आई मुस्कान हमारे देश की समृद्धता को इंगित करती है।

मैं एक किसान हूँ

मैं हूँ
साठ वर्षीय इन्सान
है थोड़ी सी जमीन,हूँ छोटा सा किसान
पतले व मजबूत बदन का स्वामी
सिर पर सफेद बालों का ताज
चेहरे पर झुर्रियों का राज

आग लगाती,अंगारे बरसाती
झुलस देने वाली गर्मी में
हल चलाता हूँ
जीवन में रोटी कम और गम ज्यादा खाता हूँ
सुन्न कर देने वाली
शरीर को चीर देने वाली ठंडी हवाओं
की कंपकपाती रातों में
देता हूँ खेतों में पानी
करते है दावे तो बहुत सभी
पर मेरे हालात,मेरी मुश्किलों बारे
किसी ने कब कहां है जानी

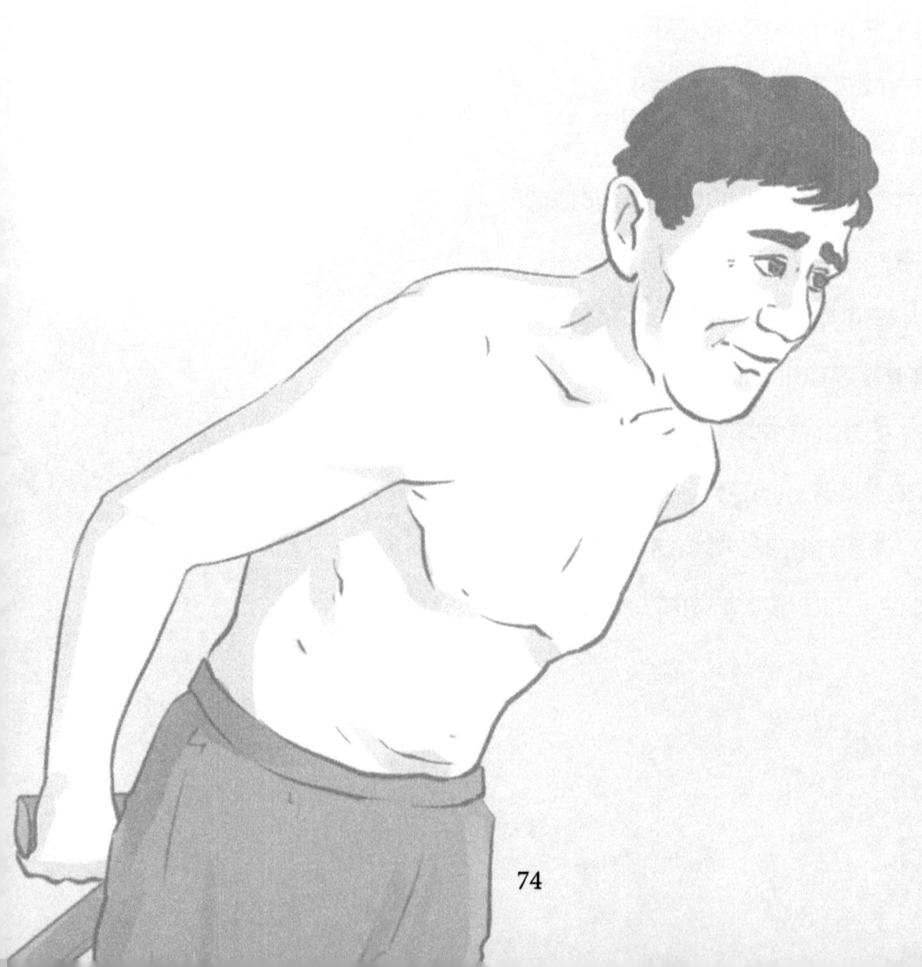

मेरे भी बच्चें हैं

कुछ आशायें भी हैं

मैं भी खुशियों भरी

उड़ान का उठाना चाहता हूँ आनंद

पर ये सब कल्पनाओं का बाजार है

मिट्टी में जन्मा हूँ

मिट्टी में मिल जाऊंगा

बस यही मेरे जीवन का सार है

बस एक आस पर है जिंदा हूँ

कभी कोई तो मेरी भी सुनेगा

मेरी घायल जिंदगी को दे सहारा

नव किरण विकास की चुनेगा

रेहड़ी वाला

कई बार जीवन में व्यक्ति बहुत कुछ बनना चाहता है, वह अपने उद्देश्य को प्राप्त करने हेतु अथक प्रयास भी करता है परन्तु परिस्थितियां ही ऐसी बन जाती है कि वह व्यक्ति सफलता के करीब जा कर भी उसे हासिल नहीं कर पाता है। उसे अनचाहे में जीवन में समझौता करना पड़ जाता है। इसे क्या कहा जाए? किस्मत, संयोग या कुछ और...

रेहड़ी वाला

हमारे मोहल्ले में आता था रोज

एक रेहड़ीवाला

जाता हर घर के सामने

छोड़ उसे जिसके आगे लगा होता ताला

बेचता था फल-सब्जियाँ

जोर-जोर से आवाज लगाता

देखता आशा भरी नजरों से उसे

जो भी शख्स घर से बाहर नजर आता

सुन उसकी आवाज सभी गृहणियाँ

रेहड़ी पर पहुँच जाती

देखती, परखती, सब्जियों को

पूरा मोल-भाव जचाती

कोई मिर्च मुफ्त में डलवाती

कोई थोड़ा सा धनिया लेती

कुछ तो मटर फ्री में खा जाती

इसके लिए कोई पैसा भी नहीं देती

एक दिन रेहड़ी वाला बिमार हो गया

बिना उपचार, त्याग प्राण

चिर निद्रा में सो गया

उसकी जगह उसका बेटा रेहड़ी लेकर आया

था कुछ भयभीत, गला था थर्राया

मैंने पूछा, ''बेटे, क्या तुम पढ़ते हो ?''

उसने कहा- अंकल जी मैं तो आगे पढ़ना

चाहता था

बनना चाहता था अधिकारी

पर करु क्या ? कंधों पर

आ गयी जिम्मेदारी सारी

बहन की शादी करनी है

माँ का ईलाज है करवाना

बस अब तो इसी धंधे में

जीना है

इसी धंधे में है मर जाना

मेरी मजबूरी मेरी उम्मीदों

को खा गयी

पता ही नहीं चलता

क्या गलत है, क्या है सही

यह कह कर वह आगे बढ़ गया

लगाते हुए आवाज

''सब्जी, ले लो - सब्जी ले लो''

मैं खड़ा-खड़ा सोचने लगा-

इसे संयोग कहे, किस्मत कहें या कुछ ओर...

लहरें

समुद्र में लहरें उठती हैं, किनारों को चूमती हैं एवं वापिस अपने मूल में यानि जल में विसर्जित हो जाती हैं। मानव जीवन में दुःख.सुख लहरों के समान ही तो है। प्रत्येक दुःख आने वाले सुख का एवं प्रत्येक सुख आने वाले दुःख का परिचायक है। उतार.चढ़ाव ज़िंदगी का अभिन्न हिस्सा है इसके मूल में जा कर देखें सब कुछ स्पष्ट जो जायेगा।

लहरें

बैठ समुंद्र के किनारे
निहार रहा था उसकी विराटता को
पल-पल उगती लहरें
दौड़ती किनारों के होंठ छूने को
उल्लास से भरी
ऊर्जा की यौवनता से युक्त
भागती आवाज लगाती
अल्हड़ समुद्र की लहरें

पर यह क्या
कुछ क्षण पश्श्चात लौट गयी
वापिस अपने दामन में
देखने की हसरत पैदा हुई
दोबारा लहरों को किनारों को चूमते हुए

एक बात तो समझ में आ गयी
मानव व्यर्थ में रोता है
दुःख-सुख तो है लहरों की भांति
आते हैं जाते हैं
फिर क्यों न समझ पाये अब तक
इस छोटे से रहस्य को
जो छिपा है इस विराट खुल्लेपन में कहीं

सत्य

जिस प्रकार बालू मिट्टी से भरी मुट्ठी से रेत धीरे.धीरे खिसक कर बाहर निकल जाती है उसी प्रकार हमारा जीवन भी धीरे.धीरे समाप्ति की ओर है। अस्थाई जीवन जो पंचतत्वों द्वारा निर्मित है अंत में अपने मूल स्त्रोत के तत्वों में विलीन हो जाता है एवं शेष कुछ रहता नहीं। प्राप्त जीवन के उद्देश्य को समझते हुए अधिक से अधिक सेवा करें व फल की इच्छा न करें क्योंकि वह आपके हाथ में है ही नहीं।

सत्य

बड़े पेड़ की गहरी छांव के नीचे

बैठा एक मजदूर आंखें मीचे

पसीने की बूंदें उसके चेहरे

पर बहने लगी

मेहनत और मजबूरी

की दास्ताँ कहने लगी

उसने झट से बीड़ी सुलगाई

लगा निहारने आसमान को

पर ख़ुशी की लकीर

कहीं पर भी नजर न आई

देख उसे लगा मुझे

सच ही तो है

जीवन बुझ रहा बीड़ी की तरह

धीरे-धीरे बिन कहे

ओह कितने कष्ट हैं

इस शरीर ने सहे

अरे, समझ जाओ अब भी

कुछ तो कर जाओ

ऐसा न हो

कहीं तुम अचानक

बीड़ी की तरह बुझ जाओ

मैं प्रकृति बोल रही हूॅं

ईश्वर ने प्रकृति का निर्माण किया। प्रकृति के नियम सारे विश्व में समान रुप से क्रियान्वित होते हैं। इस ब्रह्मांड के कण-कण में चेतना या ऊर्जा का प्रवाह है जो प्राण-दायक है,जिससे जीवन चल रहा है। प्रकृति से की गयी छेड़छाड़ मनुष्य जाति को बहुत मंहगी पड़ती है व बाढ़,सूखा,रोगों,भू-स्खलन,तूफान आदि के रुप में विपत्ति बन कर आती है। आज कृषि क्षेत्र में जहरीले रसायनों के प्रयोग के कारण जहाँ भूमि की गुणवत्ता समाप्त होती जा रही है वहीं फसलों के माध्यम से मानव के लिए विभिन्न घातक रोगों का पोषण भी कर रही है। आज कैंसर,ओस्टोपोरेसिस (हड्डियों का खोखलापन,रोग प्रतिरोधक क्षमता में कमी आम बात हो गयी है। समय रहते हमें सचेत होना होगा व रसायनिक छिड़काव,खाद व स्प्रे आदि का प्रयोग करने की बजाए आर्गेनिक या जैविक खाद व स्प्रे का प्रयोग करना होगा।

हम भी प्राकृतिक जीव हैं व आनन्द के स्वरूप हैं परन्तु दुनिया की भौतिकतावादी, मायावी आकर्षण में फस हम सुख-सुविधाओं की वृद्धि की ओर अग्रसर होते हैं व प्रकृति के प्रति अपने उत्तरदायित्व को भूल जाते हैं जिसका परिणाम बाढ़,भूकम्प,सूखा,रोगों की उत्पत्ति के रूप में देखने को मिलता है। काश हमनें इस दर्द का समय इसका उपचार किया होता। आदमी जब तक प्राकृतिक रहता है शांत व सुखी रहता है,जैसे ही अप्राकृतिकता की ओर चलता है अशांति व बिमारियों को न्यौता दे देता है। अब आप ही देख लिजिए आपको दुनियां की अशांत करने वाली धन-दौलत चाहिए या प्रकृति का सम्मान करके परमशांति।

मैं प्रकृति बोल रही हूँ

मैं गहरी नींद में सोया था
अपने ही सपनों में खोया था
अचानक मोबाईल की घंटी टनटनाई
मैं उठ बैठा , उधर से आवाज आई

हैलो, मैं प्रकृति बोल रही हूँ
तुम्हारे काले चिट्ठे खोल रही हूँ
फोन चालू रखना, नहीं डरना
सदैव नहीं रहोगे जिंदा, तुम्हें भी है मरना

अरे मानव, बन गए तुम दानव
मैंने ही तो था तुम्हें बनाया
तुमने मुझे ही बेच सब कुछ खाया
काट दिए पेड़ सभी, बना दी ईमारतें बड़ी
शरीर तो दिया बना मगर आत्मा नहीं
बस यूं ही ठूँठ सी खड़ी

मिला मिट्टी में जहर
तुमने मुझे बेहोश किया
जैविक खाद था भोजन मेरा
पर तुमने ये कैसा तोहफा दिया

जल को मल बना दिया

हवा को जहरीला

जमीन में जहर से फसलें उगाई

भला आकाश ने तुम्हारा क्या था लिया

अब बिमारियों को झेलो और चिल्लाओ

तुम्हारी लगाई आग है

कुछ इलाज हो तो बताओ

मैं तो तुम्हारी माँ हूँ

फिर भी वफा करूंगी

तुम संग जियी हूँ सदा

तुम संग ही मरूंगी

मैं तेरी मुमताज नहीं

मानव जीवन में प्रेम का सर्वोत्तम स्थान रहा है । चाहे वह माँ-बेटे का हो या गुरु-शिष्य का । युवा अवस्था में मनुष्य की देह में बहुत से जैव रसायन उत्पन्न होते हैं जिनकी वजह से वह विपरित लिंग की ओर आकर्षित होता व उसकी सोच में भावुकता का स्तर भी बहुत विकसित हो जाता है । वह कल्पना के पंख लगा आनंद के आकाश में विचरण करने लगता है । परन्तु बहुत से लोग जीवन में व्यवहारिक होते हैं व जीवन की सच्चाई को समझते हैं। वे संभावनाओं की उत्पत्ति एवं उनकी पूर्णता बारे कोई गलतफहमी नहीं पालते हैं । ऐसा ही कुछ कविता ''मैं तेरी मुमताज नहीं'' में अंकित करने का प्रयास किया गया है ।

मैं तेरी मुमताज नहीं

चांदनी रात ,शीतलता में डूबी रात

फूलों की भीनी-भीनी सुगन्ध

फैल चारों ओर बहकाए मौसम को

चाँद देता गवाही आसमान से

तारे डूबे जश्न में, नृत्य करते अपनी चमक के साथ

ऐसी तारों की छांव में

प्रेमी ने प्रेमिका से कहा-

शम्मो, मैं तुम्हारे लिए ताज बनवाऊँगा

प्रेम की पराकाष्ठा दुनियां को दिखाऊँगा

यह सुन प्रेमिका तुनक गयी

बोली-अरे ताज तो मेरे मरने के बाद बनवाओगे

कौन देखने आयेगा उसे

कुछ करना है तो जिंदे जी दो कमरे ही बनवाओ

उनके आगे छोटा सा बगीचा लगवाओ

हम दो है उसमें ही रह लेगें

गर होगा प्रेम तो सब कुछ सह लेंगे

पत्थरों की ईमारतों में भला कही प्रेम बसता है

ये वो जादू है जो तुम्हारी सोच में ही तुम्हें कहीं डसता है

अरे, मुझे तो बस एक छोटा सा घर बनवा दो
छोड़ों महल चोबारों को
झोपड़ी में ही खटिया डलवा दो
मर जाओंगे पर एक छोटा सा प्लाट
नहीं ले पाओगे
दोगे किश्त लोन की बैंकों में
तो घर में क्या खाओगे

महल की मल्लिका नहीं बनना मुझे
बस छोटी सी झोपड़ी चाहिए
प्रेम के धन से बटोर लेगें खुशियां सारी
नहीं किसी से कुछ कहेंगे
अपनी जिंदगी आप जियेंगे, अपनी मौत आप मरेंगे

सूखे समुन्द्र

जीवन में पैसा कमाना अथवा अमीर होना बहुत प्रशंसनीय है परंतु जब हम केवल धन को ही अपना लक्ष्य मान कर चलते हैं तो जीवन में लोभवश गलतियाँ होना स्वाभाविक है| इसलिए गरीबी के अभिशाप को समाप्त करते हुए ईमानदारी के धरातल पर अमीरी रूपी महल बनाएं जिसमे शांति एवं सद्भावना जीवित रह सके|

सूखे समुन्द्र

जब मैं गरीब था
अपने बहुत करीब था
मन में शांति रहती थी
मत भागो इधर-उधर
रह जायेगा सब यहीं
धीरे से नित्य मेरे
कान में कहती थी

लेकिन मैं नहीं माना
जान लिया सारी दुनियां को
पर ख़ुद को कभी न जाना
गलत पैसों की सवारी कर
माया नगरी में ऊँचा हो गया
बसता है जहाँ केवल स्वार्थ
ऐसी लालच भरी गलियों में खो गया

निकलना चाहता हूँ इस सूखे समुन्द्र से
कोई तो मेरी मदद को आये
लौटा दूंगा वर्तमान को
गर कोई मेरा अतीत वापिस लौटाए

जिन्दगी है ऐसी उलझन
कि सुलझती ही नहीं
लगे हैं ताले हंसी पर
ढूंढते है चाबी खुशियों की
शायद मिल जाए
दिल के आस पास कहीं

लेखक परिचय

काव्य-संग्रह "आस" के लेखक डॉ दलीप सिंह सांगवान जो की मूल रूप से चरखी दादरी(हरियाणा) से सम्बन्ध रखते हैं, हिंदी साहित्य लेखन के आकाश में उभरते नये हस्ताक्षर हैं| डॉ सांगवान पशुपालन विभाग, हरियाणा के उपनिदेशक पद से सेवानिव्रत अधिकारी हैं| वे पिछले चालीस वर्षों से बीमार पशुओं की चिकित्सा में संलग्न रहे हैं| अभी भी पशुचिकित्सा में दिन के १२-१६ घंटे व्यतीत करते हैं| जब भी रात्रि में फुरसत मिलती है, तब कभी कभी मन कविताएँ, उपन्यास आदि लिखने को मचलता है तो कलम की सहयता से मनन में आये विचारों को सफ़ेद कागज़ पर अंकित करने का प्रयास करते हैं| उनकी पहली हिन्फी कविता की पुस्तक "छोटी सी अरदास" वर्ष २०१७ में प्रकाशित हुई| इसके आलावा उनके द्वारा लिखी कविताएँ अंग्रेजी भाषा की पुस्तक "Feathers-हॉल ऑफ़ पोएट्स" में प्रकाशित हुई| उन्हें सामाजिक कल्याण के कार्यों हेतु निम्नलिखित पुरस्कारों से सुशोभित किया गया है:

1) चौधरी चरण सिंह अवार्ड

2) रेड & वाइट मेरिट सर्टिफिकेट

3) उत्तम नागरिक सम्मान

4) जिला प्रशासन द्वारा गणतंत्र दिवस पर सम्मान

5) विभिन्न बैंकों द्वारा समानित

6) कई पंचायतों द्वारा समानित

7) सहकारी दिवस पर राज्य स्तरीय आयोजन में समानित